Don Aníbal

Don Aníbal

Keila Garner

Número de Control de la Biblioteca del Congreso de EE. UU.:   2015915575
ISBN: Tapa Dura   978-1-5065-0882-5
                   Tapa Blanda   978-1-5065-0880-1
                   Libro Electrónico   978-1-5065-0881-8

Información de la imprenta disponible en la última página.

Fecha de revisión: 24/09/2015

Para realizar pedidos de este libro, contacte con:
Palibrio
1663 Liberty Drive
Suite 200
Bloomington, IN 47403
Gratis desde EE. UU. al 877.407.5847
Gratis desde México al 01.800.288.2243
Gratis desde España al 900.866.949
Desde otro país al +1.812.671.9757
Fax: 01.812.355.1576
ventas@palibrio.com
725029

Para mi hijo que desde la gestación de este libro, siempre recibí su apoyo y sus aplausos; a Juan por su amor; para MM que con sus consejos me impulso a seguir realizándolo y para el personaje de mi inspiración, quien aún no conozco ni su nombre.

K.G.

ÍNDICE

PREFACIO

Este es el inicio de un bello compendio de novelas entrelazadas; a través de este viaje, la autora desnudará corazones ultrajados. En el proceso de estas novelas, invita al lector a acompañarla a una montaña rusa de emociones desbordantes del corazón en una poética lección de vida en donde muchas mujeres que viven violencia intrafamiliar se identificarán.

Acompañe a la autora y disfrute de este libro, lo trasportará frecuentemente de una época a otra; el personaje principal es un hombre jubilado, quien se ha empleado para sentirse útil en medio de su gran soledad experimentada por sus errores del pasado.

Este personaje ficticio surge cuando la autora observa durante meses a un hombre de la tercera edad, se evitó en todo momento conocer su nombre e interactuar con él para no romper la magia de la creación de esta novela.

Por último, la finalidad de este libro es reflejar esta sabiduría: cada piedra que te es lanzada implica dos elecciones, puedes decidir recibir el golpe y no actuar o tomar la piedra y convertirla en material de construcción para un gran castillo, llegará el momento en que ninguna piedra lo traspase y se adquirirá así fortaleza.

Alguien dijo una vez: "Quien te lastima te hace fuerte".

La taza de café cargado

A través del vitral de la puerta de madera de caoba y bisagra dorada, se vislumbran esta noche unas escaleras forradas con una alfombra azul de lana, pelo cortado y *bouclé*, un estilo muy elegante; a un lado, una pequeña luz en medio de la oscuridad. Es la lámpara sobre la mesita que ilumina la espalda encorvada de un solitario hombre sentado en un sofá, quien saborea un cargado café que será su compañía lo que queda del día.

Mientras el anciano sostiene su café cargado, recuerda estos últimos días... El reloj marca las cinco con cincuenta de la mañana y don Aníbal es el primero en llegar a la fila y formarse; espera el autobús, proporcionado por su nuevo empleo, para trasladarse hasta otra población. Un lazo de color amarillo percudido sostiene sus antejos pesados y de bastantes dioptrías. Observamos sus ojos aun más saltones de lo que ya son; su cabello escaso ondulado y grasoso; la chaqueta de su preparatoria, indispensable todos los días, de mangas de piel grisáceas por la mugre y fieltro guinda con un escudo institucional del lado izquierdo. Tampoco podía faltar en el cuadro su pequeña maleta negra de piel con cierre, ya desgastada por el uso que lo acompaña, ocupada únicamente por tres objetos innecesarios para su nuevo empleo; entre estos trae un pocillo metálico negro con puntos blancos que utilizará en su lugar de labores.

Asimismo, el hedor fuerte emanado de su cuerpo y la curvatura de su columna configuran su peculiar personalidad. Pasados veinte minutos, comienzan a formarse después de él los demás pasajeros, quienes tienen la misma rutina cada día de la semana laboral. Ahora suben todos los empleados al autobús y don Aníbal comienza a sonarse fuertemente su nariz.

Esta nueva mañana, don Aníbal ha despertado un poco más tarde; necesita acostumbrarse a este horario tan difícil para un jubilado, sobre todo cuando debes subir al metro de la ciudad de México, y caminar posteriormente ocho cuadras aún oscuras para llegar al autobús y formarte. Lo único agradable del trayecto es ver a lo lejos el majestuoso Ángel de la Independencia, situado en una glorieta de la avenida Reforma.

Hoy es el tercer día y don Aníbal ha sido el segundo de la fila. Aquella medicina recetada por su geriatra no es de su agrado, pues los múltiples gases que le provoca, lo abochornan constantemente y es necesario alejarse un poco de la fila para evitar un nuevo episodio de vergüenza ante extraños. Se acerca al cajero automático, pero en esta ocasión ha sucedido lo que deseaba evitar: un sonoro estallido ha reinado en el silencio de la calle oscura, siente su autoestima llegar hasta el asfalto; comienza a chiflar esa melodía, fascinante desde su adolescencia, y él supone que nadie se percató del estruendo. Regresa la tranquilidad; don Aníbal, a la formación para esperar el autobús. Exhala un profundo respiro y abre su maleta inseparable, la coloca sobre una rodilla para acomodar sus tres objetos sin importancia, aunque ahora alguien les dio relevancia: don Aníbal.

Esta mañana es demasiado tarde nuevamente para don Aníbal, la fila cuenta ya con quince pasajeros, pero los tres primeros pasajeros, para corromper el aburrimiento de la larga espera, hoy conversan sobre un nuevo tema: don Aníbal. Uno de ellos dice al otro caballero: —Míralo, llegó muy tarde, pero ni crea que se sentará a mi lado; ayer Selena abrió la ventana y me dijo, "¿no escuchaste?" Fue el viejito nuevo. —¡Sí! —dijo el segundo pasajero —¿Acaso no escuchaste que ayer se acercó el puerco al cajero automático y se descosió con gases? Luego, se hizo tonto, comenzó a silbar y regreso a la fila.

La tercer pasajera, portando un abrigo blanco con cuatro botones grandes, contestó: —Pobre hombre, ¿no estará enfermo?, pero los indolentes hombres indignados no le respondieron en absoluto. Ha llegado el autobús, pero sin el chofer habitual, solo sustituye al de costumbre, pues el de siempre se encuentra de vacaciones por tres semanas. Todos suben, don Aníbal encuentra un excelente lugar atrás del chofer, y su fuerte hedor peculiar alcanza los dos asientos de atrás donde se sienta frecuentemente la pasajera del abrigo blanco con botones grandes. El autobús arranca la máquina y cierra la puerta; en esos momentos, don Aníbal comienza a orar en inglés, pocos lo escuchan y muy pocos le entienden.

Entrada la noche, don Aníbal tarda cinco minutos en entrar a su casa, ya que es aún muy difícil para él regresar a su realidad, no ver a su amada Male. Ya son dos años de su entierro y no le ha sido fácil el duelo. Por fin, se anima a entrar, lanza un vigoroso grito: —Male, ya llegué, ahorita subo a saludarte, solo paso al baño. Minutos más tarde, corre a la habitación conyugal, pero Male no está. Voltea al clóset y observa por un rato la ropa de Male, aún en muy buen estado. Baja despacio las escaleras alfombradas con la barbilla pegada al pecho y se dirige a la cocina, donde se prepara una taza de café cargado, su compañía durante lo que resta del día.

* * *

Una sombra llamada Burla

Es la una de la tarde y don Aníbal toma sus dos recipientes de plástico que contienen comida casera preparada por él mismo en un abrir y cerrar de latas. Camina hacia el comedor de la empresa, aún semivacío; varias carcajadas rompen el silencio cuando don Aníbal cruza el umbral del comedor e incómodamente él ingiere sus alimentos y se retira del sitio.

—¿En serio? ¡No lo puedo creer! ¿Ese apestoso se sienta a un lado de tu lugar? Ay, qué risa, yo pediría mi cambio de lugar —comenta la burlona Selena a su acompañante mientras esperan el autobús de las cinco de la tarde y miran pasar a don Aníbal.

Dos pasajeros formados al principio de la fila bromean sobre el hedor en el ambiente justo cuando don Aníbal pasó a un lado de ellos, pues la ropa que porta desde hace una semana no ha sido lavada.

—¡Uy!, ahí viene el hediondo —dice despectivamente una voz masculina que se alcanza a escuchar en la fila.

—Cállate, cállate, te oirá —contestaba entre risas otra voz masculina.

Al final de la fila… una salada gota rueda por el cachete del solitario don Aníbal, pues una sombra llamada Burla no se separa de él.

*   *   *

Amanecer palpitante

Ya es día diez y seis, un buen día para don Aníbal, quien ha llegado temprano y ahora no luce los grasosos risos, pues tuvo dinero para cortar su cabello demasiado pequeño y teñirlo de color uva; en cambio, ahora pueden observarse claramente los gordos pliegues de su cuero cabelludo. El desgastado maletín pequeño de piel ahora ha quedado en el baúl de los recuerdos y hoy don Aníbal estrena una gran mochila negra de tela. Suena la alarma de su nuevo teléfono móvil, aún es un misterio para don Aníbal poder desactivarla y presiona varios botones.

Inquieto, camina de un lado a otro, quizá por la desesperante espera. Ha llegado el autobús y se dispone a subir primeramente Selena, quien se ha sentado atrás del chofer. Mostrando su gafete, don Aníbal entra al autobús y toma su lugar de todos los días, pero esta vez encuentra una acompañante. La mujer, quien no lo soporta, se siente impulsada a levantarse y diplomáticamente le comenta: — Creo que atrás está mejor, con permiso, señor. Don Aníbal le cede el paso y ella se cambia de asiento.

Han terminado de subir los pasajeros y afuera del autobús se escuchan gritos de varios hombres, muchos se acercan a las ventanas del autobús y abren las cortinas.

Esos gritos son dentro del cajero automático donde dos sujetos han quedado atrapados; dos policías bancarios les ordenan poner las manos atrás de la nuca, les apuntan con un arma. Los oficiales llaman refuerzos mientras sostienen la puerta de vidrio del cajero automático para evitar el escape de los delincuentes. El autobús se ve obligado a avanzar cien metros para ceder espacio a las patrullas que llegan. Don Aníbal ha terminado de borrar la alegría de su rostro, molesto y con el corazón palpitante escucha nuevamente sonar la alarma de su teléfono recién comprado y mejor le quita la pila.

*   *   *

Lágrimas con sabor a mouse de mango

—Entre candilejas, te adoré… Una fresca mañana de sábado, cantaba don Aníbal en su amplio jardín, donde acostumbra tomar una siesta en el pasto, pero esta canción repetitiva no le permitía dormir y solo recordaba la época de su bella Lisset. Mujer alta y delgada de largo cabello ondulado, quien a sus diez y ocho años de edad era guapísima y seductora, podía arrancar corazones, pero al mismo tiempo ella era inocente de corazón.

La conoció en aquella editorial de revistas donde trabajó. Mientras terminaba de escribir el mejor artículo de su vida, observaba correr el oscuro café por las hojas embellecidas con una máquina de escribir mecánica de marca Olivetti Lettera 32.

—¡Tonta! ¡Mira lo que has hecho! —Reprendía el joven Aníbal a Lisset, —¡Largo de aquí, chamaca!

—¡Qué gran día para escapar de los compañeros que se mofan de mi persona! —se decía don Aníbal, reposaba en su jardín y seguía con la mirada las nubes blancas, formaban en su imaginación un par de ojos. Nuevamente, los ojos de

Lisset volvían a su mente y, sobre todo, aquellas lágrimas que estos derramaron como la abundancia de la fuente de su jardín. Aquellas lágrimas fueron gran sombra durante su matrimonio con Male: jamás olvidó cada gota que hizo surgir de esos maravillosos ojos, y tampoco quería olvidarlas: necesitaba recordarlas para que su pecado nuevamente le apuntara como un dedo acusador, aunque esto implicara su frecuente e inútil depresión.

—Afortunadamente, recuerdo mi artículo que manchaste con café— este fue el saludo del joven Aníbal a Lisset la segunda mañana que ella trabajaba limpiando la oficina de la editorial.

—¿Quieres comer conmigo por aquí cerca? Te espero a las dos de la tarde en el elevador— la invitaba. Sin poder negarse por lo sucedido el día anterior, Lisset acudió puntual afuera del elevador; se divirtió mucho toda la hora de comida con las historias graciosas del joven Aníbal, y el postre fue la segunda mejor parte: un delicioso *mouse* de mango. Por la calle, una pausa al caminar impulsó con fuerza al joven Aníbal a acariciar los labios de Lisset con los suyos, fue un momento mágico sabor a *mouse* de mango y el sello inicial de una triste historia para ella.

En el jardín, de momento, suena el celular de don Aníbal, sustrayéndolo bruscamente de sus recuerdos, era su hijo.

—Sí, Antonio, estoy bien, hijo, acá te espero mañana, por favor, avísame si no vas a venir porque lue…! ¡Carajo! se ha cortado la comunicación como siempre o quizá me colgó— refunfuñaba don Aníbal.

Es tarde ya, comienza a correr un fuerte viento por el jardín, don Aníbal se levanta del pasto con mucho esfuerzo y se dirige a cerrar la puerta trasera de madera, pero no se percata de que no ha cerrado bien la puerta, y la perrita *french poodle* blanca que perteneció a Male corrió sin rumbo.

* * *

El mejor día para morir: DOMINGO

—¡Hmmm! No me quiero levantar, Male, tráeme el desayuno a la cama— abre lentamente los ojos lagañosos, observa la almohada vacía de Male y, al instante, caen gotas saladas en ella. Sin poder continuar más tiempo en la cama, baja la escalera alfombrada. Don Aníbal se dirige a la cocina por un café cargado con la barbilla pegada al pecho y la mirada en el suelo. Mientras esperaba su café de la vieja cafetera, buscaba el plato de la Nena, la blanca perrita que era de Male. —¡Nena!, ¡nena!, ¿Dónde se habrá metido esa traviesa?— se preguntaba don Aníbal mientras caminaba por la casa con el plato de comida perruna.

Pasaron las horas y el hijo de don Aníbal, Antonio, no aparecía ni la perrita. Ni una llamada, esto empezaba a atormentarlo, pues tampoco le contestaba su hijo las llamadas, no tenía caso intentar llamarle. Únicamente pasaba su tiempo asomado por el balcón de la ventana. Mientras avanzaban los minutos, la soledad y el frio avanzaban también: dolían como reumas y angustia mezclados. —¡Qué deprimentes son los domingos! ¡No los soporto!— oscurecido el día, le decía don Aníbal al reflejo del espejo ovalado de su recámara. —¡Oh, Dios! Si me llevas a tu reino que sea hoy. Es el mejor día para morir.

* * *

QUE MIS RUIDOS TE ACOMPAÑEN

—*Tener educación sí se puede.*

—¡No se puede!

—*Tener un gran futuro sí se puede.*

—¡No se puede!…

Este lunes, un comercial en la radio tenía respuestas contrarias desde el eco surgido del asiento trasero del chofer del autobús… Era don Aníbal, daba voces mientras los demás pasajeros lo observaban contradecir el comercial radiofónico.

Inmediatamente, sacó su minicomputadora, se colocó unos audífonos y se dispuso a observar una película en idioma Inglés para hacer más corto el camino, ya que él no conciliaba el sueño por las mañanas como los demás; la luz era incómoda para quienes únicamente querían tomar su siesta, y ahora era imposible por las ruidosas carcajadas de don Aníbal.

* * *

¡Impresionante!

Es martes, el clima de noviembre hace estragos en las vías respiratorias de los empleados, los tosidos de muchos arman un pequeño concierto en la fila al esperar el autobús; a pesar de esto, la vacuna proporcionada por la empresa para prevenir la influenza no le interesa a don Aníbal. Miles de veces, la vieja bufanda azul marino ha acompañado a don Aníbal. Hoy la tomó del brazo para invitarla a salir de su ropero y como un turbante árabe la coloca en su cabeza al subir al autobús.

Es raro, ha dejado guardada en casa la mochila grande; en su lugar, ha regresado a sus manos la vieja maletita negra que lo acompaña a diario, ¡más vale vieja por conocida! Limando sus uñas durante todo el camino, don Aníbal escucha los ronquidos de algunos pasajeros, pero él no logra dormir.

Por la tarde, en una reunión en el auditorio, el expositor da su mensaje totalmente en inglés; curiosamente, hay un solo participante interactivo, quien se comunica con el expositor en el mismo idioma. Sorpresivamente, quienes lo ubican bien descubren para su desagrado que es don Aníbal.

Como todos los días después de la comida, don Aníbal corre a las computadoras de la cafetería donde el internet es gratuito, pero al ver ocupados todos los ordenadores se ha quedado muy decepcionado. Se levanta una dama de abrigo blanco con botones grandes y se dirige a don Aníbal —tome esta, señor, yo ya terminé. Sin poder articular una palabra abría más grandes sus ojos saltones, don Aníbal ha quedado impactado por el enorme parecido de esta dama con…

—¡Impresionante! — se dijo a sí mismo don Aníbal.

* * *

Eres luz de Abril, yo tarde gris...

Saco café, camisa amarilla, corbata rayada y una liga en el pantalón han reemplazado a la chamarra vieja y sucia esta mañana de miércoles. Don Aníbal se siente joven y vigoroso, pues espera con entusiasmo el momento de volver a ver a la dama. Su teléfono móvil despliega en su pantalla las dos de la tarde, don Aníbal guarda sus dos recipientes de plástico con comida casera y sale a paso veloz al comedor; casi se atraganta, pero logra terminar sus alimentos en quince minutos.

Nuevamente, corre, llega a la cafetería para ocupar un ordenador y esperar ansioso volver a ver a la dama. Casi termina su hora de comida y ella pasa cerca de él con esa fragancia dulce, aromatiza el ambiente por completo, y don Aníbal suspira tan fuerte que logra arrancarle una mirada a la dama; ella gira el cuello para retomar el camino, mueve los rizos de su cabello largo como si fueran resortes.

—Eres luz de abril, yo tarde gris...— desde la voz ronca de don Aníbal, se inicia la melodía mientras acomoda la liga de su pantalón. Aquella tarde este fue el tema musical en su mente y en sus silbidos. ¿Habrá una nueva oportunidad para el amor en el corazón de don Aníbal? ¿Está muy viejo? ¿Su aspecto es desagradable?... Eran las preguntas que recibía el espejo ovalado de su recámara que con dignidad y firmeza se sostenía de un clavo oxidado.

* * *

Juegos de sangre

Hoy no ha aparecido por la empresa la hermosa y amable dama, al parecer no ha llegado a laborar este jueves.

—¿Se enfermaría?, ¿Y si la corrieron?— Se preguntaba angustiado a sí mismo don Aníbal. —¡Necesito saber de ti!— decía don Aníbal en voz alta, mientras picoteaba con el tenedor una albóndiga dentro del comedor. Cerca de él, dos chicas jugaban en el comedor, peleaban por un pedazo de pastel; don Aníbal las observaba desde su soledad en la mesa de junto. Los manazos suaves que le daba la chica del cabello rayado a la chica del cabello recogido lo transportaron a los juegos de manos practicados con Lisset…

—Lisset, no me avientes agua, deja ese vaso— ordenaba el joven Aníbal en el baño de un hotel de Tlalpan, cercano a la editorial de revistas, también él sostenía un vaso con agua; de pronto, los dos vasos chocaron y de inmediato su mancha vital más primaria, pintó el piso de color rojo. —¿Lo ves?, déjame ver tu dedo, ay, flaca, te lo estoy diciendo— regañaba el joven Aníbal a Lisset, pero ella se reía divertida.

Don Aníbal ha terminado de comer y se dispone a guardar sus trastos de plástico y caminar por el corredor que lo conduce a un módulo movible. Al pasar por ahí, una señorita muy amable le obsequia un folleto de viajes con promociones brindadas a los empleados de la empresa. — Tome, señor, lleve a su esposa de viaje.

* * *

La Rosa Rosa

Las atracciones de esta tarde de sábado son los tenis rosas que se dirigen al parque casi a las dos de la tarde, ese par tiene compañía: caminan al ritmo de los tenis del joven Aníbal. El parque es una fiesta interminable de colores y los amantes están invitados, el vestido de gala de los árboles es color rosa; el aroma del viento es tan agradable que matiza el ambiente color rosa, sensual como la larga caricia de los labios del joven Aníbal a los labios rosas de Lisset, la propietaria de los tenis rosas.

—¡Cómpreme esta rosa para su novia, señor!— una humilde pequeña le suplicaba al joven Aníbal; a Lisset le fascinaba la flor, pues la rosa era de su color favorito y el joven Aníbal la compró para ella. Apenas son las tres de la tarde, la rosa rosa se siente sola, pues se ha quedado abandonada en el parque. Mientras reposaba en la alfombra verdosa, su soledad le hacía preguntarse por qué Lisset no debía llevársela a su casa. Por algunos días, podría haber sido su confidente, su amiga, su perfume natural, la belleza de sus mañanas, su secreto escondido en el terciopelo de sus pétalos rosas, pero la había abandonado sin razón. O quizá sí había una razón. Se quedó triste la rosa, tan triste y sola como el joven Aníbal.

*   *   *

EMPACANDO EL FUTURO

—¡Esta situación no la soporto más!— decía el novio de Lisset mientras empacaba un diez de enero sus pertenecías. Ella cerró la puerta de su corazón y la última gota de amor sentida por su novio se ha derramado como la taza de café que manchó las hojas del joven Aníbal. Lo sabía bien: no había más esperanza en esa relación, era inútil detener a su novio. Una ventana en su interior había dejado que se colara el viento de otro futuro, y no era al lado de su novio.

Observaba las cajas cerradas en el centro de la sala y los penetrantes ojos negros de su novio Ariel, quien con la mirada le suplicaba que lo detuviera. Últimamente, ella había cambiado mucho su actitud hacia él, ya no platicaban por largo rato, ni siquiera había aún un tema de conversación; los viajes de capacitación de su novio eran cada vez más frecuentes, y en medio de su soledad, ella se sentía acompañada por el joven Aníbal.

Lo sabía bien: estaba enamorada, pero ya no más de su novio distante. En estos momentos, deseaba tener en sus manos la rosa rosa abandonada en el parque para ser su confidente, su amiga, su perfume natural, la belleza de sus mañanas, su secreto escondido en el terciopelo de sus pétalos rosas. Hoy Lisset había empacado también… Ella había empacado un futuro maravilloso.

*   *   *

Bonita en Xochimilco

Una nueva cafetera barata ocupa la esquina del escritorio de don Aníbal; también ha traído a la empresa un sobre de medio kilo de café de Colombia traído por su hijo en su último viaje. Se dispone a verter agua Electropura en la cafetera, deja la jarra de cristal sobre el escritorio y no en el lugar correspondiente para contener el café, coloca cinco cucharadas de café de grano colombiano en el filtro. De pronto, escucha su nombre por el pasillo: don Aníbal presiona el botón de encendido y se marcha a responder el llamado de sus jefes.

Al regresar a su lugar, don Aníbal encontró sus folders, sus folletos de viaje, el escritorio, su silla y el piso bañados de café colombiano. Se toma con ambas manos la cabeza, maldice al mismo tiempo que observa los folletos de viaje mojados y recuerda.

Un folleto de excursiones llegó al escritorio de la oficina del joven Aníbal en la editorial de revistas; sin dudarlo, se levantó de su sillón negro de piel y salió a buscar a la bella Lisset, juntos leían: "Tradicional, enigmático, pero romántico es el Lago de Xochimilco, situado al sur del Distrito Federal, ubicado en una de sus dieciséis delegaciones. En sus orígenes, alrededor del siglo xv, época prehispánica, fue sometido por los mexicas. En 1987, la Unesco lo proclamó patrimonio de la humanidad y es importante principalmente por la existencia de las chinampas, pequeños barcos con nombres de mujer elaborados con flores".

Acuerdan verse el sábado muy temprano abajo del reloj del metro Taxqueña para emprender la aventura a ese bello lugar.

Bonita es el nombre de la chinampa que se aproxima lentamente, se balancea como si deseara besar las aguas del lago con suavidad, y al llegar a la orilla se agita como la mano de un trovador sobre las cuerdas de su guitarra. —Sube, flaquita— le indica el joven Aníbal a Lisset y ella muy alegre aborda la colorida chinampa de madera de nombre Bonita. Durante el viaje, compran comida, escuchan mariachis, observan una boda en otra chinampa, compran flores, ven muñecas viejas y desvestidas colgadas de un árbol que horrorizan a Lisset. Ella aprovecha para abrazar con fuerza a su amado y él la llama por primera vez Bonita. Al final del día, el joven Aníbal lleva a Lisset a su casa y promete amarla para siempre; ella le pregunta cuándo se casarán, pero su pregunta ha quedado sin respuesta.

Don Aníbal olfatea un delicioso perfume y distrae su mirada de los folletos de viaje para ver pasar a la dama del abrigo blanco que va rumbo al sanitario sin siquiera percatarse de la mirada que la acompaña hasta ahí.

* * *

TABASCO ES UN EDÉN

Majestuosa, imponente e inmutable es la pirámide de la fotografía antigua que adorna la pared de la sala de don Aníbal, su mirada ha quedado perdida en esa escena de las ruinas de Palenque en Chiapas y recordaba cuando estuvo ahí con su esposa Male embarazada de su hijo Antonio, quien con cinco meses dentro del vientre de su madre ya se encontraba viajando por esos bellos lugares. Los acompañaba su suegro, hombre alegre y de edad madura, pero poseía mucha fortaleza aún.

De regreso a Tabasco, subieron a su automóvil blanco de estilo elegante con asientos de piel color vino y una computadora integrada que avisaba con voz masculina y acento español si faltaba gasolina, si una puerta estaba abierta o si algún pasajero no se había puesto el cinturón. Este vehículo era la sensación para don Guillermo, su suegro, quien respondía en broma a la computadora: "Cállate Juan" cada vez que el auto daba algún aviso con voz masculina española. —¡Ah, cómo quería al viejo y él a mí!— decía don Aníbal mientras suspiraba sentado en su sala.

Don Guillermo falleció dos meses después de ese inolvidable viaje, pero tres años más tarde, el joven Aníbal sintió nostalgia por regresar a la ciudad natal de su suegro y entonces se lo propuso a Lisset. Una ave de acero de la compañía AVIACSA apagó sus ruidosos motores laterales, pues ha arribado a las trece horas con veinte minutos de este día del mes de Mayo. Lisset desaloja el avión por la escalera metálica acompañada del joven Aníbal y sienten la abrumadora ola de calor en sus rostros. Sin equipaje alguno que recoger, se dirigen a la salida y abandonan el aeropuerto con sus mochilas colgantes sobre sus hombros. Una aventura de tan solo quince días fue impulsada por un deseo romántico de vivir juntos para siempre ahí, lejos de su ciudad y de todos.

La personalidad hospitalaria, cariñosa y extrovertida de los tabasqueños ha impactado a la enamorada pareja, ríen al oír que les llaman fuereños. La caminata y la información de los oriundos cariñosos los han llevado a hospedarse en un hotel económico del centro de la ciudad del sur del país. Encontrar empleo ha sido lo más difícil en la primera semana, pero mientras hubo dinero pudieron pagar los alimentos, la tintorería, una habitación de hotel y un paseo a la playa.

Ahora, han rentado un departamento con el dinero prestado por sus familiares y han buscado una casa en un nuevo desarrollo habitacional en la colonia Las Mariposas, intentarán tramitar su compra por medio de un crédito; años después, trágicamente, esas mismas casas serían tragadas en diciembre de dos mil siete por el desbordamiento del río Grijalva. Ha llegado el final de la segunda semana y el joven Aníbal sube al autobús, regresa a la ciudad de México, promete a Lisset regresar a vivir con ella, pero ese día nunca existió. Para el joven Aníbal, esa visita solo fue motivada por la aventura. Lisset busca a su medio hermano, quien vive en el Edén desde el final de su carrera de médico hace ya algunos años, y lo visita para saludarlo.

*   *   *

MEXICALI, NUESTRO HOGAR

Lisset está cansada por el viaje desde Tabasco y se recuesta en la habitación del hotel Mexicali, frecuentado con el joven Aníbal, para esperarlo llegar de su trabajo en la editorial de revistas, pues se han reencontrado. El hotel donde habían jugado guerritas de agua con vasos de vidrio ahora será el hogar de la enamorada pareja. El joven Aníbal explica a Lisset que ella aún conserva su trabajo, que puede regresar, y que él solo había pedido vacaciones. Ella lo mira con sentimientos encontrados, pues ilusamente creía que él también había abandonado su empleo en un acto romántico así como ella.

Suena una canción romántica del artista del momento, Camilo Sesto; ella llora, pues tal como la canción, ella está segura de que el joven Aníbal no desea envejecer a su lado. Lisset decide regresar a vivir a casa de su madre y a su empleo en la editorial de revistas.

* * *

Amargo Vivir

Gritos, rechazos, reprobaciones, silencios largos; cada día Male se enfrentaba a la amargura de la hora en la que el joven Aníbal regresaba a casa de su trabajo en la editorial. Male se sabía la ayuda idónea para su esposo; en algún momento, terminaría la neurosis y la amargura reinantes últimamente en el comedor de su casa. Para Male, el viaje de quince días de su esposo se debió a una cuestión de trabajo en el sur de la República, consistió en asistir a lugares incomunicados en Tabasco, Mérida y Cancún, pero sabemos bien que esto solo es una cuarta parte de la verdad; el joven Aníbal es un maestro en el arte de mentir, su imaginación podría plasmarse en cien páginas de un libro y lo llamaríamos *El arte de mentir de Don Aníbal* o quizá solo *Don Aníbal*.

La realidad es que su falta de madurez y de amor verdadero por Male lo han convertido en adúltero, pero para Male es el hombre más inteligente que ha conocido sobre la Tierra. Para ella, únicamente es un hombre normal con presiones, pero de noble corazón. Male soporta que a él no le guste su cabello y que le diga que su maquillaje se ve vulgar, que las zapatillas de plataforma son para mujeres de cabaret, que sus uñas están horribles y que solo habla tonterías.

Está dispuesta a soportarlo porque ella sabe que nada de eso es verdad: ella es bonita y tiene un gran potencial; si desarrolla su mente con conocimiento, entonces la alimentará positivamente y tendrá paz. Ella es una mujer comprensiva con ese gran hombre que fue tan afortunada de encontrar.

*   *   *

Hay una grieta

—Sentí mi mano acariciar tu entrepierna mientras es frenada por el muro inminente de tus palabras, abren una grieta más en mi damnificado corazón. "No me obligues a decir lo que estoy pensando de ti", esas fueron las palabras cargadas de total desprecio; al menos en esta ocasión, contienen decencia y elegancia aunque sé lo que significan. En ocasiones anteriores, tus palabras me invitaron a la búsqueda de un cliente para comerciar con lo más puro que guardo solo para ti desde el altar; un simple no sería suficiente respuesta, pero abrir la grieta es necesario para tu ego. Dios mismo invita a no negar su cuerpo el uno al otro en la primera carta de Pablo a los Corintios en el capítulo siete; también en el capítulo trece se define al amor como el que todo lo espera, todo lo cree y todo lo soporta. Yo puedo esperar porque el verdadero amor todo lo puede soportar, pero el verdadero amor no busca lo suyo, no se jacta, no es egoísta; por lo tanto, no abre grietas en un corazón— recordaba don Aníbal lo dicho por Male esa mañana mientras él frunciendo el ceño la escuchaba y al mismo tiempo desayunaba sin decir una nueva palabra hiriente, pero hiriendo con su silencio, se marchó a su trabajo en la editorial.

*　　*　　*

Hasta luego, Male

Globos amarillos, serpentinas, mesa de regalos, paletas de hielo, pizza, pastel del personaje amarillo con forma de esponja, todo está preparado en casa: Antonio cumple hoy cuatro años de edad. El joven Aníbal entra con un coche eléctrico de juguete color rojo en brazos; por su expresión, se deduce que está pesado. Se lo entrega a su hijo Antonio con un fuerte abrazo y se disculpa con Male porque su estancia en la fiesta no será posible.

Mientras el joven Aníbal empaca en una mochila roja deportiva, Male le grita en la recámara que siempre las fechas importantes son sus elegidas para discutir y lastimar. —¡Me voy! —le gritó el joven Aníbal. Male con su hijo en brazos le suplicó —Aníbal, no quiero que nos dejes, ¿podrás esperar hasta mañana? —No, atiende a los invitados. Hasta luego, Male —respondió con voz suave el joven Aníbal mientras la perrita *french poodle* blanca ladraba; finalmente, salió corriendo por la puerta trasera del jardín donde lo esperaba un taxi con su amada Lisset.

—¿Todo bien con tu mamá, Aníbal? —pregunta Lisset preocupada, pero la agitación del joven Aníbal no le permite contestar.

* * *

Maldito corazón

Desconsolada Male por el abandono de su esposo se desgarra en llanto, maldice.

—¡Maldito pedazo de carne, no entiendo por qué eres tan débil y derrochador de cariño, nunca mides las consecuencias de tu desenfrenado amor. Deja ya de creerlo todo, de soportarlo todo, de darlo todo, no tiene sentido; como niño necio jamás obedeces a la razón! ¡Caminas con un bastón blanco y justificas cada rasgadura de tu rojo tejido, cubres con una simple gaza la herida sangrante para que después, inevitablemente, se infecte! ¡Maldito eres porque quieres serlo, y con tus gafas oscuras no estás viendo cómo afectas a los ojos mojados que te observan desangrarte!

*   *   *

Mientras no estabas

Hermoso protagonista es el quiosco del Centro de Coyoacán. De niña, Male jugaba divertida a las guerritas de granizo con su novio a quien jamás besó, pero muchas veces tomó su mano, le aceleraba el corazón. Hoy cruza con gran respeto el parque habitado por su majestad: el rey quiosco, ya no lo ve tan grande, el recuerdo de su novio de la infancia le vuelve a acelerar el corazón. Sirve más café la mesera a Male en el Sanborns de Coyoacán; se acerca la luz de su oscuridad, su querida y entrañable amiga.

En un profundo desahogo, Male platica a su amiga los últimos sucesos con su esposo. Este día, ha entendido gracias a las duras aunque sinceras palabras "que su esposo no la ama" y "que únicamente ella no quiere darse cuenta de esa obvia verdad".

—¿Qué estas esperando? ¿Qué te ponga las nalgas de otra mujer en la cara? —le decía su amiga con regaños y a la vez con amor de hermana. —Tengo muchos planes y proyectos que no he podido realizar por la falta de permiso de Aníbal, eso es lo que haré ahora que él no está —respondía a su amiga.

—Antonio sufre el doble, amiga, porque sufre por su papá y por ti; él es muy maduro, le están robando su infancia —tristemente decía la amiga esta gran verdad.

* * *

Retomando mi vida

El enlatado sonido de los audífonos de diadema conectados *al walkman* de pilas alcalinas AA contenedor de un casete de música en inglés causa en Male una fuerza intrínseca y la impulsa a balancear la elíptica velozmente, la serotonina de su cuerpo ha subido de nivel, ese químico llamado también *la hormona de la felicidad*. Ahora, ella está feliz escuchando ¡*You're all I want!* melodía del disco de *Life House*. Es regresada la cinta con los botones del *walkman* y escuchada por Male una y otra vez. Al terminar su rutina, varias miradas masculinas la siguen hasta la entrada de las regaderas del gimnasio, Male es una mujer de peculiar belleza, su apariencia árabe es atrayente; las rubias atléticas la odian, los jóvenes le ceden los aparatos y le sonríen. Termina su ducha y se despide de su instructor con un beso en la mejilla, algo que jamás habría hecho si Aníbal estuviera con ella.

Sale del gimnasio y camina hacia el parque y saca un libro de su maleta azul deportiva, se recuesta con singular libertad sobre el pasto que la abraza con su aroma a tierra y se sumerge dos horas a leer una novela titulada *Lágrimas con sabor a mouse de mango* de la autora Keila Garner. Reflexiona por las pocas hojas leídas sobre el tiempo que se ha negado para ser feliz y que no se ha dedicado a sí misma. Con un profundo suspiro, se levanta agradeciendo a la vida por su amiga, quien le prestó ese edificante libro, y se dirige al colegio a recoger a su pequeño hijo Antonio.

Llegan a casa cantando canciones infantiles y ella se percata de que nunca habían sonreído tanto. Male busca empleo en un periódico de Anuncios Clasificados; Antonio pide ayuda para su tarea, Male recuerda que en el estudio de Aníbal hay un libro, les puede servir. Antonio se percata de que su madre no regresa aún con el libro y se dirige al estudio, Antonio encuentra a su madre con los ojos empapados y observando una foto.

* * *

Arena Caliente

Observo mis pies desnudos reposando sobre el camastro café que coexiste bajo la sombra de una palapa y encima de este la toalla azul rey que guarda en su memoria tantas historias: espaldas tatuadas con leyendas como Harley Davidson, con mariposas o tatuajes de hena, tan falsos como las promesas de Aníbal. Mis dedos pulgares apuntan a la línea perfecta divisoria del mar y el cielo, los cuales aun siendo del mismo color fueron divididos por Dios en la mañana y en la tarde del día segundo de la creación y un centímetro más abajo de mis pulgares observo la línea imperfecta de la arena caliente que entierra los pies de Antonio.

La arena caliente ha decidido seducir a mis pies desnudos, no se resisten a su llamado y suavemente la acarician, pero es demasiada rudeza su temperatura para una piel tan delgada, mis pies escapan de la seductora insatisfecha hasta refrescarse con la bondad de la ola oportuna como bálsamo de sábila y me arranca de su crueldad. Si recibiera ese bálsamo en las palabras de Aníbal aunque contengan el estruendoso grito que rompe a la ola antes de acariciar mis pies, es un estruendo inofensivo, pero sus palabras resultan ser crueles y rudas como la arena caliente.

Me percato de que me acostumbré a ellas rápidamente, ignoraba la agresión y egoísmo que las componen como la rudeza insatisfecha de la temperatura de la arena. Ya no es dolor, solo es costumbre, solo me repito al escucharlas que carecen de verdad y que no son para mí. La arena seguiría caliente si mis pies no la tocan, aún mis pies estarían quietos reposando sobre el camastro sino cayeran rendidos en su seducción, quietos y salvos. Quizá la ola no deba ser un bálsamo, sino un compañero de vals; para ello, la solución son unas sandalias que pisoteen a la cruel arena candente y les permitan a mis pies llegar con su compañero de vals, el mar. La tarea de mis pies será conseguir esas sandalias, pero decidirse es el mayor obstáculo de su vida.

—Mamá ya quiero comer —Antonio irrumpió los pensamientos de Male. —Sí, hijo, gracias a los consejos de mi querida amiga estamos hoy en la playa, espero te estés divirtiendo —Sonriendo le decía Male a su hijo Antonio.

*   *   *

LENTEJUELA EN LA OSCURIDAD

El inmenso manto negro extendido que cobija al mar deja a Male inmutada por unos minutos, borda de lentejuela la oscuridad, es más impactante que las monografías de constelaciones. ¡Oh, si pudiera contar todas las estrellas! Male encontró la Osa Mayor, Tauro, Orión y Leo, minutos después se durmió sobre la arena por unos minutos.

Cuando era quinceañera, sus padres la enviaron a Egipto como regalo de cumpleaños. En el Museo Egipcio de El Cairo, se percató de la existencia de una gran fotografía aérea, mostraba los vértices de las tres pirámides de la meseta de Gizeh, tomada por la fuerza aérea egipcia en la década de los años cincuenta. Las tres mastodónticas construcciones no estaban alineadas, sino que la más pequeña de todas, la que pertenecía al faraón Micerinos, se desviaba de la diagonal que unía a sus dos hermanas mayores. Asombrada hoy, Male ha descubierto que el cinturón de la constelación de Orión era idéntico a la configuración de las tres pirámides de la meseta de Gizeh.

* * *

A TRABAJAR

"Usamos los sueños para darnos fuerza en la vida, pero que triste es cuando estos sueños nos hunden en la vida misma, podemos soñar y jamás iniciar, pero también podemos iniciar sueños de otros, porque los otros tienen la cobardía de vivir su propia vida e inmersos en su miedo: controlan a otra persona manipulándola a realizar sueños que ni querían vivir, porque son los sueños del manipulador".

Reflexionaba Male por este párrafo del libro *Lágrimas con sabor a mouse de mango*. Se levanta de mañana, se arregla y sale a buscar empleo. Se inscribe en una carrera abierta de la UNAD los sábados e inscribe a su hijo Antonio en la Embajada de Italia para estudiar italiano en clases sabatinas. Al día siguiente, le marcan a Male de una empresa trasnacional y le informan que el trabajo es suyo, aunque el sueldo es poco por su falta de experiencia. Ella brinca de gusto y de inmediato le marca a su amiga para contarle la noticia y platicarle que también estudiará una carrera en sistema de universidad abierta.

—¡Qué gusto, amiga! En verdad, estoy muy orgullosa de ti, ahora sí eres un huarache que se quiere superar, ja, ja, ja.

—¿Cómo que un huarache?

—¡Sí!, ese que se inscribió a clases de tenis, ¡se quería superar! Ji, ji —Las dos se alegran por una hora en el teléfono, cuelgan gustosas.

*   *   *

LAS MIRADAS

Las miradas sorprendidas este veintiuno de mayo no observaban a don Aníbal, quien con una sonrisa radiante celebra su *alma mater*, el día del politécnico, lucía su mugrosa y anciana chamarra guinda con mangas grisáceas. El protagonista del día de hoy es sin duda la luminaria que recibió miles de fotografías debido a su espectacular arcoíris: el Sol.

Todos vemos, pero no observamos. Todos podemos apreciar la belleza de una sala, pero nunca pensamos en la estructura de madera y las esponjas; todos vemos la piel tersa e hidratada de una delgada modelo de revistas, pero no su vómito constante en los baños. Todos vemos la sonrisa pintada de los payasos, pero nadie ve el llanto de sus hijos arrancado por el hambre o el frío padecido. ¿Qué quieres ver? ¿Con qué decides quedarte? ¿La superficie o el interior? Así de sencillo y así de difícil.

* * *

PREÑEZ DE FRESA

En un marco blanco, se encuentra inmóvil una mariposa de bellas alas azules que brinda elegancia a la oficina del joven Aníbal. Este insecto sin vida tiempo atrás se internó en un capullo color café, invitaba a la ternura, como el amplio vestido café que luce hoy Lisset al entrar a las oficinas de la editorial de revistas, donde algo se rumora por los pasillos; Lisset usa vestidos de maternidad, y aún sale a comer con el joven Aníbal, los apresan las miradas voraces, las lenguas filosas.

—¡Es una sensación indescriptible! En verdad, amor, no sé cómo explicarlo —decía entre sonrisas Lisset al joven Aníbal.

—Deseo que sea un varón —decía el joven Aníbal.

—Y se llamará como tú —respondía Lisset mientras terminaba su postre de fresas con crema.

Por las tardes, salían juntos de la editorial. Al joven Aníbal le embargaba un sueño excesivo en el transporte camino a casa, y al llegar a su lejano departamento recién alquilado, el joven Aníbal preparaba papas fritas porque no resistía el antojo, diariamente era su deseo comerlas y Lisset se emocionaba por ello.

—¡Soy muy feliz! —exclamaba Lisset al joven Aníbal.

* * *

Un regalo de nostalgia

Aníbal ha llegado a visitar a su hijo Antonio, es el primer sábado que lo visita desde que se marchó de la fiesta de cumpleaños, pero Antonio lo rechaza. Aníbal deja su celular en la mesa del comedor mientras sale al jardín y Male lo toma, lo revisa, envía un mensaje. Antonio curiosea en la maleta de su papá, como lo hacen todos los niños, y encuentra un aparato de juegos Atari. Al regresar Aníbal, ve el descubrimiento de su hijo, instala el aparato en la gran televisión a color de bulbos y, al iniciar un juego, le explica a Antonio la mecánica y lo deja jugando.

Aníbal se dirige a Male y la besa, ella no se resiste mientras observa su anillo de boda. Su madre le ha enseñado que debe perdonar todo a su esposo y no reclamarle nada; de todos modos, ha iniciado la batalla y la otra mujer no ganará la guerra. Suben juntos a la habitación conyugal y funden sus cuerpos en uno solo. Mientras él fuma un cigarro Marlboro, ella lucha en su mente contra las palabras de su amiga. Confundida, se levanta, se dirige al baño; él toma del buró una foto de ella, la guarda en su cartera. Más tarde, Male hace tortillas de maíz, recién salidas del comal, y sirve la comida a Aníbal en total silencio; él revisa por más de media hora una revista de la editorial donde labora. Aníbal se despide de su hijo; lo abandona en llanto, berridos y gritos, pide a su padre que no se vaya, pero Aníbal cerrando fuerte los puños sale de prisa y se retira nuevamente.

* * *

Male y Lisset

Lisset ha recibido un mensaje en su StarTAC Motorola, desde el celular de su amado, pero no ha sido escrito por él. Ella se sorprende por el contenido, es firmado con la inicial 'M'. El joven Aníbal llega y saluda primero al vientre de Lisset, ahora más grande y esférico, dándole un beso suave y cariñoso.

—Aníbal, necesito saber quién tenía tu celular, me ha escrito una mujer reclamando por su matrimonio y firma con la letra 'M' —le exige Lisset. Aníbal responde que no tiene idea, que solo había estado con su madre e ignoraba qué había pasado.

—Aníbal, ¿alguna vez me llevarás a conocer a tu madre? —pregunta Lisset, no recibe respuesta.

Ellos se disponen a meterse a la cama, pero muy noche Lisset se levanta a buscar algo en la otra habitación y, de pronto, sin querer encuentra escondida la cartera de su amado Aníbal; ella, con manos temblorosas, piensa un minuto... ¿Estaría escondida la cartera si no tuviera algo oculto? Decide abrirla, encuentra la foto de otra mujer.

En esos momentos, faltando aún dos meses para el alumbramiento, le dice a Aníbal que la ha traicionado, que le ha mentido, que tiene esposa y que se vaya de la casa. La poligamia es una respuesta viable en algunas condiciones socioeconómicas, como en la antigua China, pues la proporción hombre-mujer era irregular. La poligamia puede ser antropológicamente lógica, pero los celos, ¡Oh, esos sí son una emoción muy poderosa! Dos meses después, Lisset recibió el nacimiento de su beba en casa de su madre, quien le brindó una recámara para ella y la bebé.

*   *   *

EL GRITO DE DOLOR

Dos años después… Cada viernes, Aníbal dormía con Lisset, llegaba medio alcoholizado, pero ese fin de semana fue crucial: una cruda discusión por la mañana del sábado ha llevado a Lisset a romperse el brazo izquierdo al impactarse contra el suelo. Quizá su llanto no era por el dolor de la inflamación de sus músculos y la fisura de sus huesos. Quizá el grito de dolor es porque su hija de dos años ha visto y escuchado lo sucedido, y jamás borrará de su mente la escena, pues la memoria es clave para volver la experiencia en conocimiento. Eso era más doloroso para Lisset, quien ve partir al joven Aníbal por esa puerta, ella únicamente le suplicaba que no se fuera tan temprano. Lisset ha decidido amarse a sí misma y darse lo que antes le daba a Aníbal.

Los recuerdos de su hija estaban tan frescos como la pintura empleada hace media hora; plasmó en el lienzo tamaño doble carta, solicitado por un cazador de talentos artísticos, la obra que nunca habría imaginado pintar, *El grito* del noruego Edvard Munch. Al ver terminada la pintura, la jovencita hija ha quedado sorprendida, pareciera que esa obra fuese la representación espiritual de su madre: atrapada en un puente, con un cielo rojo, con la misma angustia en su rostro; sin embargo, atrás de esa angustia existe un lago en paz, representa la esperanza en medio de la desesperación. —¡Eres una artista! —dijo Lisset a su hija —en verdad, eres talentosa. —Madre, me debo ir a mi trabajo, te quiero —dijo la princesita y se puso su abrigo blanco con botones grandes.

Al salir de la casa su hija, Lisset siente un fuerte dolor en el estómago, le arranca un grito desgarrador en el vacío de la casa, busca desesperadamente en la alacena una caja de medicina y, con dificultad, sostiene un vaso de agua para tomarse una pastilla.

* * *

ARIEL

Lisset se ha quedado inmutada por la sorpresa: encontró en su buzón una carta de su antiguo novio Ariel.

"Querida Lisset, me costó mucho trabajo, pero al fin te encontré. A pesar de los años, no he podido olvidarme de ti, quisiera volverte a ver. Te invito una semana a un viaje a Tuxtla Gutiérrez, visitaremos el Cañón del Sumidero en lancha. Quiero saber si tú todavía me recuerdas como yo a ti, si no son cenizas los momentos bellos vividos. ¿Sabes? Me casé, pero no ha funcionado bien. Quizá soy yo el problema porque no logro amarla como se le debe amar a una esposa. Si tu respuesta es afirmativa, te veo el tres de julio en el ADO a las ocho de la noche".

Lisset pensó por un largo tiempo y definitivamente hizo caso omiso de la carta, pues no quería tener más problemas con casados. Guardó la carta en el cajón de su closet.

Sin decir Adiós

Don Aníbal ha recibido un email, le solicitan asistir a una junta en la calle Odessa. Un escalofrío recorre sus brazos, pues es terrible para él tan solo pensar en esa calle, y volver a caminar por ella después de tantos años… La calle Odessa de la colonia Portales estaba solitaria a las cuatro de la tarde y desde la esquina esperaba el joven Aníbal poder ver pasar a su pequeña hija y a Lisset, pero transcurrió una hora y no las había visto llegar. El joven Aníbal realizó una pequeña carta y tocó el timbre 401 del pequeño edificio; al no recibir contestación, tocó otro timbre y preguntó por Lisset. En medio de su desesperación, se acercó el vigilante a la reja gris, Aníbal se animó a preguntarle por ellas y le pidió que les entregara la carta elaborada, pero el vigilante aseguró: ellas se fueron en una mudanza hace ya un mes.

El joven Aníbal desolado caminó varias horas con la misma sensación vivida en su infancia cuando salió su perrito Max de casa, jamás volvió a verlo. Pensaba en esa contienda que fracturó el brazo de Lisset, se reprochaba a sí mismo por ser el causante del abandono de ella. Finalmente, don Aníbal decide levantarse de su escritorio y asistir a la junta en la calle Odessa.

* * *

El Silencio

El reto más grande existente es el silencio. Lisset lo ha guardado muy bien. Al joven Aníbal le molesta más el silencio de Male, pues para él en este momento es la mujer más importante en su vida, quizá la crueldad del engaño ha sido el brochazo final en el cuadro de su matrimonio. El joven Aníbal recordaba a su hijo Antonio, encaminó sus pasos a la casa heredada por Male, pues a él jamás le había costado ni un peso de su bolsa hospedarse con Male ni con Lisset, ya que esta última era mujer esforzada y pagaba la renta. Quién diría que al convertirse en viejecito con su chamarra mugrosa y sus lentes atados con un lazo causaría tanta ternura.

Todos sabemos bien guardar silencio, únicamente Dios escudriña los corazones, pues ningún humano conoce lo entenebrecido de un corazón, la vileza de un pasado escondido bajo el velo de ancianito lastimoso. El silencio también es una respuesta, el que calla otorga, o simplemente es la manifestación de ignorar. El silencio puede ser falta de aceptación. El silencio puede ser una emoción muy grande inefable. Es el silencio de la negra noche el que inspira a los enamorados. El silencio es el lienzo donde pintan sus melodías los músicos. Guarda silencio por un largo tiempo, verás cómo se convierte en el reto más grande emprendido. El silencio enloquece. El silencio causa incertidumbre, la misma incertidumbre experimentada por el joven Aníbal ante la ausencia de Lisset.

*   *   *

EL REGRESO

Male y Antonio juegan a esconderse en el jardín mientras en la sala se consume un cigarro aferrado a la mano de Aníbal. Al fin, decide envalentonarse y salir al jardín a saludar a su familia disfuncional, a quienes como a un vaso frágil no logró tratar. Camina lento, espera lo peor e inversamente encuentra el más sincero abrazo de un niño sin rencor. Por su parte Male, con los ojos aguados le pregunta si es para siempre el regreso; Aníbal decide en su interior sujetar el compromiso con todas sus fuerzas aunque el remordimiento le escupe en la cara que ahora un bebé crecerá sin padre, el bebé de Lisset, así como la ausencia vivida por él mismo desde niño al esperar por años el regreso de su padre mientras su madre lavaba la ropa de las vecinas para proveer el alimento en el hogar. Antonio no sufriría la misma infancia.

—Male, ¿Qué sucede con el coche eléctrico? ¡No funciona!

—Tu hijo te buscó durante su fiesta para jugar con el coche y como le dije que debías irte, lo arrojó a la fuente. Después, no salía del baño; cuando entré, las paredes estaban embarradas de heces fecales de Antonio, como el día cuando trajiste el Atari, no paraba de llorar.

En ese momento, el joven Aníbal abrazó fuerte a Antonio y le prometió no volver a dejarlo jamás. Hoy, Male deberá olvidar la vida que había emprendido, alejarse de su amiga y jamás volverse a dedicar tiempo a sí misma ni a su físico ni a sus estudios, pues su marido Aníbal no se lo permitiría.

* * *

Mirada Fugitiva

Misteriosos son los hermosos ojos de la dama de abrigo blanco y botones grandes, esquivan la mirada de don Aníbal cuando se cruzan al subir el autobús una que otra mañana. Ella lo evita, pero dentro de su corazón siente una enorme ternura por este caballero; pensaba que si su padre viviera o si lo conociera, sería como de esa edad, aunque debería ser más guapo, más educado. Esa gran pregunta se la llevará su madre a la tumba. Cada vez que la dama del abrigo blanco preguntaba por su padre, su madre le cambiaba la versión: ha sido un escritor de revistas de una editorial hasta un barrendero de noble corazón, de mucha fe y creyente; a veces, en la historia ya falleció y, a veces, vive, pero nadie sabe dónde. Ella únicamente se resigna a soñar con que trabaja en el mismo lugar donde trabaja su padre y que puede verlo a diario al menos una hora en el autobús. ¡Cuánta falta le hizo un cariño paternal que fuera en su totalidad para ella! Alguien con quien platicar, a quien derretir con un besito en la mejilla, quizá recitarle el salmo enseñado por su madre de niña, quizá ir al parque y sentirse protegida al subirse al pasamanos, segura de que no caería y no se rasparía las rodillas. Un papá que no compartiera con nadie, solo con mamá y eso porque era la esposa; no obstante, seguirá su mirada fugitiva porque la dama del abrigo blanco y botones grandes únicamente soñaba.

*   *   *

CAFÉ CAFÉ

Saboreando su taza de café, don Aníbal recuerda el delicioso perfume de su viejo amor, Lisset; se encontraba sobre la mesita negra de fierro y tapa de vidrio comprada por ella junto con un espejo rectangular. Mientras Lisset se encontraba en su lejano trabajo, Aníbal guardó el perfume de nombre *Café Café* para regalárselo a Male. —¡Qué acto tan cruel y ruin! —se decía a sí mismo don Aníbal. Ese atrevimiento fue majestuoso, pero de nula ética. Inflamado de cinismo le preguntó a Lisset por el perfume que había desaparecido de la mesita negra con todo y su caja, era prácticamente nuevo. Habitualmente, don Aníbal sustraía objetos ajenos de las personas que lo rodeaban, y no por falta de dinero, era una sensación indescriptible, un acto cargado de adrenalina mezclado con sensación de poder, gozo y finalmente arrepentimiento poco importante porque fumarse un Marlboro era suficiente para calmar la ansiedad que redargüía dentro de su ser. Al fin, la sonrisa de Male al recibir tan exquisito detalle terminaba de nulificar su remordimiento. De la misma forma, a Lisset se le extravió una pulsera de perlas blancas, un cinturón color café e infinidad de cosas, por la edad ya no lograba recordar don

Aníbal; sin embargo, ahora el olor de su taza de café llena sus pensamientos de recuerdos y el arrepentimiento pelea con fuerza para salir de la tumba donde fue sepultado muchos años atrás.

* * *

Comiéndome mis emociones

Celestial es el sabor de la nieve de guanábana, combinada con chocolate es un delicioso festín que transporta a Male a su infancia, hermosos recuerdos cuando su madre aún fuerte y joven la llevaba a visitar a su abuela en la colonia Morelos. Por la calle de Eduardo Molina antes de llegar con Aurelita, se ubicaba una peletería donde siempre ellas dos hacían escala, pero en una ocasión, después de saborear Male su nieve de guanábana con chocolate, no volvió a ver más a su madre durante quince largos días. Aprendió mucho de su abuela, de ella adquirió la pasión por el corte y confección, pues era el oficio de la abuela. Male solo consolaba su corazón con ver seguido a su padre, quien llegaba alrededor de las dos de la tarde.

En esta ocasión, los sabores no son celestiales. Male ignora cuál es la molestia de su marido Aníbal; él debería estar alegre, pues ahora está de vuelta en casa, de donde jamás debió salir, y donde ella lucharía para que se quedara siempre. Male se ha esmerado mucho en la cocina, ha preparado unos deliciosos tacos dorados de pollo con lechuga y salsa verde, la comida favorita de Aníbal. Male creyó que así olvidaría su molestia y podrían iniciar una segunda luna de miel. El plato está listo, se puede observar claramente un corazón formado con la lechuga, seguro fueron hechos con amor. Male se ha dispuesto a caminar a la recámara nupcial, ella siente como si este plato fuese un ramo de flores en sus manos, como caminando hacia el altar. Con una sonrisa maravillosa y con toda delicadeza entrega el plato en las manos de Aníbal, pero enfurecido se le han enrojecido los ojos y arrebata el plato; Aníbal vacía los tacos en un pequeño bote blanco de basura y sale de la habitación, empuja a Male. Male, conteniendo sus lágrimas y sin poder pasar saliva por su garganta, se hinca frente al bote, recoge cada taco, los coloca en su plato. Y así, llenos de ceniza de cigarro, se los come.

*   *   *

Conociendo a la dama

Una larga junta en la oficina tenía acorralado a don Aníbal, quien ya no se concentraba, pues solo observaba la pantalla de su celular, anunciaba casi las tres de la tarde. Cuando al fin queda liberado, corre a la cafetería, sus dos recipientes de plástico hoy no lo acompañan. Don Aníbal se arma de valor y se atreve a hablarle a la bella dama del abrigo blanco que usaba un ordenador de la cafetería... Es el esplendor emitido por su belleza lo que hace hablar a este decrépito hombre, quien algún día fue digno de una mirada tan juvenil como la suya.

—Discúlpeme, señorita, sucede que usted tiene un gran parecido con mi amada, el amor de mi juventud. Si le fuese molesta mi presencia, en este instante me marcho. Toma el brazo de don Aníbal con ternura, la dama responde: —Por favor, caballero, platíqueme de esa afortunada mujer tan parecida a mí. Y caminaron hacia la máquina de cafés instantáneos para entrar juntos con un café a una sala de juntas.

¿Cuál es su nombre?

Don Aníbal se encontraba alegre porque el anhelo de su corazón tenía un destello de realidad: conocer a la dama. —Soy ya un viejo torpe, de aspecto desagradable, ¿qué importancia tiene mi vida, señorita? Mejor, hábleme un poco de usted —solicitó don Aníbal. —Soy hija única, vivo con mi madre. Me gusta dibujar y pintar cuadros artísticos. Usted no es un viejo torpe; si yo diera importancia a un envase, nunca tomaría mis bebidas saludables todas las mañanas. Entonces, no insista nuevamente con que su aspecto es desagradable, estoy segura de que su alma es maravillosa. Sabe, me siento muy bien con su compañía, como si estuviera con el padre que nunca convivió conmigo.

—Qué bellas palabras, ¿y tu madre ya nunca inició una nueva relación?

—No, nunca se volvió a enamorar, ha dedicado su tiempo libre a acompañarme. Ella tiene un negocio de limpieza de casas, eso la ha desgastado mucho, ahora se ve casi diez años mayor. Creo que ya es hora de regresar a nuestras labores, me dio gusto conversar con usted, señor…

—Me llamo Aníbal, y ¿cuál es su nombre? La dama solo sonrió y se alejó de prisa a su oficina. Sin saberlo los dos, su conversación había sido sobre el amor de la juventud de don Aníbal, la afortunada mujer parecida tanto a la dama del abrigo blanco.

*   *   *

DESEMPOLVANDO EL CORAZÓN

Limpiando una caja abandonada y muy empolvada, don Aníbal se ha transportado treinta años atrás en el tiempo, siente nuevamente esa sensación emocionante de redescubrir lo guardado. Encuentra casetes de cinta magnética de la música de su juventud que forma parte de su vida misma, cantantes como Diego Verdaguer y Amanda Miguel le arrancan una carcajada; encuentra películas en formato VHS como *Titanic*, solía verla una y otra vez con su esposa Male y quedó en el olvido cuando la vieja videocasetera se descompuso, terminó en el camión de la basura. Al encontrar la antigua película, se le borra la sonrisa.

Negativos de fotos tomadas en sus viajes con Male a Veracruz, Acapulco, Oaxaca y Puebla le provocan un profundo suspiro. Un objeto inesperado punza en el pecho de don Aníbal: se trata de la foto de un recién nacido, pero la cobija no es de Antonio; es una cobija rosa claro, envuelve el cuerpecito de la hija procreada con Lisset, esta foto le roba una lágrima.

—¿Puede haber un ser más despreciable que yo? — pregunta don Aníbal al espejo ovalado sostenido con dignidad por un clavo oxidado.

* * *

Vida, no me debes nada

A causa del dolor de estómago, Lisset asiste a una consulta con el médico de toda su vida, Emilio, quien enuncia las más crueles y crudas palabras: "Usted tiene cáncer de estómago, es muy avanzado". De regreso a casa, las calles grises, el cielo entristecido, las palabras del médico Emilio resuenan con fuerza en su mente; hoy quizá es el día más terrible de su vida desde aquellas palabras del joven Aníbal cuando le gritó que jamás serían una familia y quebró su brazo izquierdo.

Sus pasos la conducen a donde convergen los estereotipos cada día, se sumerge en el subterráneo de trenes naranjas y desea profundamente ganarle la carrera a su destino, quisiera burlarse de la fecha escrita del fin de sus días y valientemente arrojarse a esas vías a la brevedad posible; no obstante, ha llegado a su memoria el primer día de vida de su hija, cuando se acurrucó en su pecho con apenas cincuenta centímetros de estatura, su cuerpecito tibio se aferraba al cuello de Lisset suplicándole a su madre que jamás la abandonara. De pronto, escuchó el estruendo de la bocina del metro, se intensificó el ruido de las llantas como si le avisaran el momento de dar fin; su corazón ha acelerado el ritmo de sus latidos, se observa una luz blanca acercándose por el túnel, Lisset brinca.

Ella ha caído, el metro llega y hace una pausa de un minuto, suena el timbrazo para cerrar las puertas; Lisset en el suelo del andén se talla los ojos fuertemente, saca de su cartera la foto de su hija, la abraza con fuerza a su pecho, revive el día de su nacimiento, quisiera retroceder el tiempo y permanecer en ese momento para siempre. —Perdóname, hijita —le dice llorando Lisset a la foto.

* * *

Vida, estamos en paz

Superar la muerte invita a festejar la vida. Lisset ha reflexionado mucho desde el suceso del metro. Organiza una fiesta. Invita a sus empleadas de limpieza, a exjefes de la editorial de revistas, a amigas y amigos de la Iglesia Cristiana Creyendo lo Imposible que frecuenta los domingos en la calle de Zarco número 50 en la colonia Guerrero de la ciudad de México.

El reloj de pared negro con manecillas doradas marca las cinco de la tarde y suena el timbre junto a la puerta, es su amiga Verónica, desde pequeñas jugaban después de hacer la tarea de la primaria. Se conocieron cuando sus gatos siameses se enamoraron por la calle y ese romance pactó su amistad. Sorprendida por el turbante en la cabeza de Lisset, Verónica abraza fuertemente a su entrañable amiga, Lisset sonríe y le asegura que todo está bien, que estos momentos maravillosos son ahora lo más importante.

Llegan amigos que la adoran y los amigos de la Iglesia cantan alabanzas en la sala con la guitarra y el teclado que han traído. Los exjefes de la editorial preguntan por su hija, quien ahora es una señorita; su hija se encuentra con el cazador de talentos, le muestra la pintura solicitada, *El grito*. Durante toda la reunión, todos evitan la palabra Aníbal.

Las empleadas la observan como si fuera una madre para ellas, su agradecimiento se respira por toda la casa; Lisset ha sido más que una jefa, ha sido su mejor amiga, su hermana, su apoyo incondicional. En el transcurso de su vida, ha construido lazos fraternales y de cariño con toda esta gente.

Al día siguiente, con voz alegre y agradable, Aidé anuncia a la invitada especial al servicio de celebración dominical, quien con un turbante negro, la cara perfectamente maquillada, un medallón dorado que cuelga de su cuello y llega a su pecho, vestido blanco de rombos negros y zapatillas negras de charol, toma el micrófono y entona una bella alabanza al Creador:

"Si los vientos te obedecen, si la mar por ti se calma, ¿por qué hay hombres que dicen que tú no vives? Si la tierra tú la riegas con la lluvia de los cielos, ¿por qué hay hombres que dudan tanto de ti? Es mi anhelo que las flores le dijeran a los hombres por cual mano todas ellas fueron creadas, de seguro entenderían que sin ti no existiría lo más bello que en el mundo pueda haber. ¿No ves el agua fluir? Tú sosiegas la sed que aprisiona tu boca; la sombra de un árbol te regala descanso. Entonces, ¿por qué te preguntas si hay un creador? Si quieres, vete a contar cada estrella alumbradora de lo negro de un inmenso cielo; si no puedes, confiesa que Dios es real, no es un cuento, él es muy grande, no se puede negar. Yo sé que Él vive, pues lo veo en la risa de un niño cuando paso, y al oír el bramido del mar que me canta: hay un Dios verdadero, hacedor de toda la creación. Yo sé que Él vive".

Un fuerte aplauso agradece la participación y la bella voz de Lisset, quien con una sonrisa, le dice a la Iglesia que los aplausos son para Dios, no para ella y nuevamente se coloca al lado de su hija.

* * *

Ni un latido más por ti

Una semana después, Lisset es sorprendida por un cilindro de luz solar tibio sobre su rostro demacrado. Esta mañana de domingo amaneció sin fuerza ni ánimo para levantarse de su cama, pues toda la noche sufrió dolor constante en el estómago; recordó cuando los mosquitos de la recámara no la dejaban dormir mientras vivió con el joven Aníbal en aquella casa lejana de la Unidad Habitacional en Ecatepec. Ella recuerda la noche, escuchaba sobre su oreja el zumbido constante del vigoroso insecto y el joven Aníbal encendía la lámpara para buscarlo y asesinarlo a sangre fría hasta avanzadas horas de la madrugada... Diez veces más molesta fue esta noche.

Se inclina a beber un poco de agua del vaso dejado por su hija sobre el buró y la llama con un largo, pero débil grito.

—Hija, quiero decirte dos cosas en la vida importantes, recuérdalas: jamás pongas tu felicidad en el futuro, este es irreal. Tu felicidad está en disfrutar cada momento, cada instante, cada segundo, aquí y ahora, como caminar descalza sobre la arena. Así lo vivas pobre, rica, triste, alegre, enferma, sana, nada circunstancial deberá robar tu gozo, la carne únicamente es un empaque porque tu felicidad no está en tu físico. Esto lo entendí hasta los treinta años, si lo hubiera practicado a tu edad, hubiera sido maravilloso en mi vida. Hija, lo hecho hoy que te acerque a lo que quieres tener mañana. Todos los días pregúntate si lo que estás haciendo traerá consecuencias positivas a tu vida. Desde tu nacimiento, eso me pregunto cada día y así corrijo mis acciones. Sinceridad, amistad, autoestima y amor… Solos no podemos cambiar, Dios cree en ti y te ofrece su mano fiel para lograrlo.

Al terminar, Lisset se levantó de su cama, pidió a su hija que le ayudara a vestirse de blanco y que la llevara al templo Creyendo lo Imposible porque había una orden de Cristo que aún no cumplía: sumergirse en agua sepultando a la antigua mujer y resucitando como nueva criatura. Lisset fue bautizada ese mismo día en la Iglesia Cristiana Bautista.

En su habitación, por la noche oró de rodillas otra vez al pie de su cama; esa oración fue de gran agradecimiento, no de petición por su salud. En visión, ella observó a un varón de túnica blanca resplandeciente, quien tapaba su cabeza como ella, y con un cordón dorado como cinturón. Atrás de él, caminaban varios hombres y su espíritu se estremeció como con espanto y a la vez con calor de fuego en los huesos, una ola de calor que no quema; esa sensación no era en la piel, sino en el corazón. Le agradó, pues nunca la había sentido; sonrió viendo a su Señor y Rey. Así expiró arrodillada en ese mismo día. Y los años de la vida de Lisset fueron cuarenta y ocho.

*   *   *

El fin...

Don Aníbal es el primero en bajar las escaleras del autobús que ha llegado a su trabajo a las siete cincuenta de la mañana, se entretiene buscando su gafete en la entrada de la empresa y nunca lo encuentra; molesto, se dirige a la ventanilla de la recepción para solicitar un permiso especial de entrada, el cual normalmente dura de cuarenta y cinco minutos a una hora.

Mientras espera, camina impaciente. Suena su teléfono móvil, marcan desde un número desconocido. Es la dama del abrigo blanco con botones grandes, quien con voz irreconocible y cortada le solicita que la acompañe, pues su madre será enterrada por la tarde. Le indica la dirección del velatorio del IMSS. Sin pensarlo ni un solo segundo, Don Aníbal se voltea, decide no esperar más su acceso a la empresa, camina con prisa hasta el boulevard para entrar a la terminal de autobuses donde compra su boleto del autobús El Caminante, en tan solo diez minutos sale de la terminal.

Una vez sentado en el autobús, marca a su hijo Antonio, quien afortunadamente en esta ocasión sí le contesta, y le solicita que lo acompañe al entierro de la madre de su joven amiga. Antonio acepta ir, pues el viejo siempre describe a su amiga muy bonita, puede que valga la pena acompañarlo. El camino dura casi una hora, es lo normal, pero a don Aníbal le parece de tres horas, expresa en voz alta al conductor que ahora entiende el nombre de la compañía El Caminante, que es un servicio pésimo y muy lento. El conductor solo lo mira con desprecio, decide no discutir con él.

Vestida de abrigo negro y botones grandes, la dama recibe a Don Aníbal a la entrada del salón donde velaban a su madre. Él se dirige con un arreglo floral de preciosas lilis blancas, lo deja a un lado del ataúd de madera de pino barnizado en color natural. Llega al velatorio Antonio, lo recibe la bella dama del abrigo negro. Él la saluda con cortesía, se presenta; ella lo invita a pasar, le indica que su padre se encuentra con el féretro. Antonio se asombra por su inigualable belleza y por el exacto parecido con la mujer de la foto encontrada por su madre escondida en el escritorio de su padre cuando aún era niño. Male lloró amargamente ese día hasta que sus ojos se secaron y se inflamaron. Antonio le dio una pastilla para el dolor de cabeza, ella logró dormir.

Don Aníbal abre sus ojos saltones al ver a través del vidrio del ataúd el rostro sereno de la mujer recostada. Impresionado, no dice una sola palabra, pero ha descubierto a su amada Lisset. Se pregunta si esto es una cruel broma de Dios, ya han pasado treinta años. Después del *shock*, entiende que su amiga y compañera de trabajo es su hija, pero decide no comentarle aún; en estos momentos, se encuentra apenado por haber anhelado un romance con su propia hija, aunque no lo sabía, se siente avergonzando. Antonio se acerca a don Aníbal y con voz rasposa y mirada de rencor pregunta: —¿Me has traído al funeral de tu amante? Me lo hubieras dicho… ¿Ves por qué nunca quiero verte ni saber nada de ti? Eres tan patético.

Antonio se despide diplomáticamente de la dama del abrigo negro, se disculpa, dice tener una junta importante, debe retirarse, repite que siente mucho su pérdida y le deja su tarjeta de presentación; él sospecha que es su media hermana, tanto ella como él no tienen la culpa de los errores de su patético padre.

*   *   *

Estoy aquí y te quiero

La frente plegada con los labios extendidos mostraba una gran sonrisa. Lleno de gozo y con los ojos vidriosos, realmente estaba feliz Don Aníbal, disfrutaba ese momento cuando toda la soledad que habitaba en su casa desde hace dos años empacó sus maletas para darle su espacio y lugar a una bella princesa que tomaba posesión a partir de hoy de su pequeño palacio.

Con dos maletas rosas y una maletita de mano de un color rosa más claro, entraba por la puerta de madera de caoba con vitral y bisagra dorada la bella joven que conoció en la oficina. Lucía un lindo abrigo blanco importado de botones grandes, con su pelo suelto, largo y ondulado se dirigió hacia él; suavemente, lo beso en la frente, le susurró:
—Papá, encontré esta perrita *french poodle* blanca en la esquina, no se me despegaba; ahora ya no perderemos más tiempo, estoy aquí y te quiero.

Por la mañana, don Aníbal abre los ojos y despierta en la soledad de su habitación; busca a su hija, pero ella no vive con él: todo ha sido un hermoso sueño, la utopía de un final inmerecido. Son curiosos los sueños, cuando duermes, pase lo que pase, por absurdo que sea, todo parece tener sentido, parece real.

Sin Male, sin Lisset, sin Antonio, sin su hija, sin la perrita *french poodle* blanca, sin la posibilidad de obtener una tregua con la vida, lo embarga un intenso dolor en el brazo izquierdo. Siente el peso de una tonelada en su pecho, se esfuerza por respirar y toma bocanadas de aire; los ojos ahora dilatados buscan en el buró el teléfono móvil mientras se soba el congelado brazo izquierdo; marca la tecla rápida, llama a Antonio, quien ha desviado la llamada al buzón, pues no desea hablar con su padre. Se sostiene del espejo ovalado, pero el clavo oxidado lo ha dejado caer. Baja arrastrándose por las escaleras de alfombra azul de lana de pelo cortado y *bouclé*, llega a la sala en donde apoyado sobre sus rodillas y sus manos siente náuseas inexplicables, como una indigestión. El grado de dolor de su brazo izquierdo es más intenso, la opresión en su pecho es ahora mayor. Precisamente ahí en la sala, segundos después, todo su cuerpo se desploma en un sonoro golpe.

Una melodía lenta de violín se escucha en la casa de junto; al parecer, el vecino inició su clase matutina de violín. La belleza y pulcritud del profesor del vecino inspira paz interior. Se une ahora a este el violín Stradivarius del alumno. A través del vitral de la puerta de madera de caoba y bisagra dorada, se vislumbra el cuerpo inerte de don Aníbal mientras los violines del vecino lo despiden lentamente, sus ojos saltones tienen la mirada vacía. Ahora reina un escandaloso silencio en la sala, ha terminado la interpretación de los violines de su vecino de la casa de junto.

FIN

Printed in the United States
By Bookmasters